VENTE

du Mercredi 18 Mai 1904

Hôtel Drouot, Salle n° 7

DESSINS ANCIENS

de toutes les Ecoles

PROVENANT

DU CABINET D'UN AMATEUR PARISIEN

PEINTURES ANCIENNES

des XIVe, XVe XVIe et XVIIe siècles

DESSINS ET AQUARELLES

appartenant à divers.

1904

Commissaire-Priseur :

Me M. DELESTRE

Expert :

M. P. ROBLIN

CATALOGUE

DE

DESSINS ANCIENS

MINIATURES, GOUACHES, PASTEL

de toutes les écoles

PRINCIPALEMENT

de l'Ecole Française du XVe au XIXe siècle

PROVENANT

DU CABINET D'UN AMATEUR PARISIEN

PEINTURES ANCIENNES

des XIVe, XVe, XVIe et XVIIe siècles

DESSINS ET AQUARELLES

appartenant à divers

DONT LA VENTE AUX ENCHÈRES PUBLIQUES AURA LIEU

Hôtel des Commissaires-Priseurs, Rue Drouot, N° 9

Salle N° 7

Le Mercredi 18 Mai 1904, à deux heures.

Commissaire-Priseur
Me Maurice DELESTRE
5, Rue Saint-Georges, 5

Expert
M. Paul ROBLIN
65, Rue Saint-Lazare, 65

EXPOSITION PUBLIQUE :

Le Mardi 17 Mai 1904, de 1 h. 1/2 à 5 h. 1/2

CONDITIONS DE LA VENTE

Elle sera faite au comptant.

Les Acquéreurs payeront *dix pour cent* en sus du prix d'adjudication.

L'Exposition mettant le public à même de se rendre compte de l'état et de la qualité des dessins et tableaux, aucune réclamation ne sera admise, une fois l'adjudication prononcée.

Pour quelques dessins, les attributions de l'amateur ont été conservées.

DESIGNATION

DESSINS ANCIENS

BARTOLOZZI (?)

1. La Naissance de Minerve, déesse des Arts et des Seiences ; pièce allégorique sur la naissance de Sa Majesté la Reine d'Angleterre. — Minerve, déesse militaire, ornant les héros d'Angleterre du cordon de l'Ordre des Chevaliers de Bath.

Deux compositions ovales faisant pendants.
Plume et lavis d'encre de Chine.

(H. 0,28. L. 0,23).

BÉRICOURT

2. Courses de chevaux. — Courses en chars. Deux pendants.

Aquarelles.

(H. 0.22. L. 0.33).

3. Equilibristes.

Aquarelle.

(H. 0.19. L. 0,30).

BLOEMAERT (Abraham)

4. Etude de femme tenant une lance,

Plume et lavis de sépia. Signé et daté.

(H. 0.14. L. 0.09 1/2).

5. La Sainte Famille.

Plume et lavis d'encre de Chine rehaussé de gouache Signé.

(H 0.24. L. 0.19).

BOILLY (Jules)

6. Jeune fille dessinant. Elle est assise de profil à gauche, un carton sur les genoux.

Au crayon noir. Cadre doré, époque Empire.

(H. 0.32. L. 0.40.).

BOTH (Jean)

7. Paysage animé de figures.

Crayon noir sur parchemin.

(H. 0.11 1/2. L. 0.22).

BOUCHER (François)

8. Le Parnasse.

Charmante composition ovale, pour un plafond, d'une excellente qualité. Vieux montage. Crayon et sépia claire. Cadre L. XV ancien bois sculpté et doré.

(H. 0.37. L. 0.24).

9. Tête d'enfant.

Sanguine.

(H. 0.17. L. 0.13).

BOUCHER (Ecole de Fr.)

10. Habitations rustiques et Moulin à eau.

Au lavis d'encre de Chine.

(H. 0.27. L. 0.36).

BRIL (Paul)

11. Paysage montagneux avec cours d'eau, pont et château-fort.

Plume et lavis.

(H. 0.26. L 0.40).

CARESME (Ph.)

12, Portrait de Glück.

Dans un salon richement décoré, le compositeur, drapé dans une robe de chambre rouge, est assis de face, une plume à la main, près d'une table supportant un recueil de ses œuvres. A droite la muse de la musique tenant une flûte.

Très belle gouache d'une exécution remarquable

Signée en bas sous un monceau d'instruments de musique.

Cadre L. XVI ancien, doré.

(H. 0 37. L. 0.29).

CARRACHE (Annibal)

13. **Barque accostant un rivage, où figurent un pêcheur et un personnage assis.**

Plume.

(H. 0.18. L. 0.29).

14. **Têtes grotesques, feuille d'étude.**

Plume

(H. 0.17. L. 0.25).

15. **Figures grotesques.**

Plume (cachets de collections).

(H. 0.16 L. 0.07.).

CHERUBINO ALBERTI (XVIe s.)

16. **Amour jouant de la trompette.**

Plume. Signé. A été gravé avec des différences par le maître.

(H. 0.27. L. 0.15 1/2).

CHOFFARD (P. P.)

17. **Amour couronnant le chiffre de H. Fragonard. Cartouche pour la gravure de l'Escarpolette.**

Crayon et bistre.
Cadre L. XVI doré ancien.

(H. 0.11 L. 0.16).

CLOUET (Janet dit)

18. **Buste de jeune femme.**

De trois quarts à gauche, coiffée d'un chapeau à double coque, avec voile et petite collerette tuyautée.

En bas, l'artiste a écrit à la plume : « Mad^e^ de Vantanat. »

Crayon noir et sanguine.

(H. 0.30. L. 0.20).

DAUZATS

19. Vue de Lyon.

Aquarelle esquissée

(H. 0.28. L. 0.41).

DELARUE

20. Offrandes à l'Amour.

Gracieux modèle de pendule en bronze,
Plume et bistre. Signé.

(H. 0.29. L. 0.21).

DEL SARTO (Andréa)

21. Figure d'apôtre marchant vers la gauche.

Sanguine.
Collection R. Hône et Richardson père. Cadre en ébène.

(H. 0.20. L. 0.11).

DESSUELLE (Mlle) l'aînée

22. Buste de jeune fille en chapeau bleu, de profil à gauche.

Crayon noir rehaussé de couleurs.
Gracieux dessin de l'élève de Gel de St-Aubin.

(H. 0 16 L. 0.12).

DESFRICHES

23. Guinguette sur les bords de la Loire.

Mine de plomb. Signé et daté 1766.

(H. 0.14 L.0.18 1/2).

DEVÉRIA (A.)

24. Trois portraits de personnages pour « Quentin Durward ».

Sépia.

DURAMEAU

25. **La Famille de l'alchimiste.**

Plume et lavis de carmin.

(H. 0.24. L. 0.20).

ECOLES ALLEMANDE & FLAMANDE

26. **Neuf dessins par ou attribués à Wouvermans, Van Huysum, J. Helmal, Spranger, Berghem, Rembrandt, Van der Vyt, J. Miel, etc.**

ECOLE ANGLAISE (XVIIIe siècle)

27. **Portrait de femme, profil dirigé vers la gauche.**

Crayon noir rehaussé de sanguine.

(H. 0.16 1/2. L. 0.12).

ECOLE DE BALE (XVIe siècle)

28. **Loth et ses filles.**

Dessin à la plume pour un vitrail. Signé et daté H. I. 1551.

(H. 0 30. L. 0.20).

ECOLE FRANCO-FLAMANDE DU COMMENCEMENT DU XVe SIÈCLE

29. **Jehan Froissart offrant le volume de ses « Chroniques » à Robert de Namur (vers 1400).**

Importante miniature comprenant, au premier plan, sept personnages tous revêtus de costumes civils. Par une fenêtre, au fond, on voit des archers se battre Quoique cette belle œuvre ait un peu souffert, elle reste un document du plus haut intérêt artistique et documentaire.

(H. 0.24. L. 0.19).

ECOLE FLAMANDE (XVe siècle)

30. **Abraham congédiant Agar et Ismaël.**

Plume.

(H. 0.19. L. 0 12).

ECOLE FLAMANDE (XVIIe siècle)

31. Deux jeunes gens debout dans un paysage. Composition ovale.

Crayon noir, rehaussé de sépia et de plume.

(H. 0.21. L. 0.15).

32. Ménagère et Marchande de poissons. Intéressants costumes.

Plume.

(H. 0.18. L. 0.12).

ECOLE FRANÇAISE (XVe siècle)

33. La Vierge tenant l'Enfant Jésus.

Plume.

(H. 0.23. L. 0.11).

ECOLE FRANÇAISE (XVe siècle)

34. Miniature. Job sur son fumier.

Entourage de fleurs. Intéressants costumes.

(H. 0.16. L. 0.10 1/2).

ECOLE FRANÇAISE (XVIe siècle)

35. Evêque et Pèlerin agenouillés.

Plume et sépia.

(H. 0.23. L. 0.13).

ECOLE FRANÇAISE (XVIIIe siècle)

36. Allégorie sur le mariage d'un Prince.

Encre de chine.

(H. 0.14. L. 0.16).

37. Figure de ballet. Berger et Bergère, en costumes bleu et rose, se disputent une guirlande de fleurs.

Aquarelle.

(H. 0.19. L. 0.29).

38. La Bergère élégante.

Aquarelle.

(H. 0.31. L. 0.25).

ECOLE FRANÇAISE (XIXe siècle)

39. Costume de Mezzetin.

Esquisse peinte.

(H. 0.27. L. 0 18).

ECOLE FRANÇAISE

40. Dix dessins par ou attribués à G. de Saint-Aubin, Et. Delaune, Della Bella, Pillement, J. Vernet, Hilaire, Guérin, etc.

ECOLE ITALIENNE

41. Neuf dessins par ou attribués à Guerchin, Jules Romain, Ann. Carrache, D. Beccafumi, Al. Cano, etc.

ECOLE JAPONAISE

42. Faucon et Faisan.

Au lavis de pinceau rehaussé d'aquarelle.

(H. 0.44. L. 0 48).

H. V. FISCH (Ecole de Bâle)

43. La Foi, surmontée du Sacrifice d'Abraham. En bas armoiries.

Plume et encre de Chine rehaussé de bistre. Daté 1610 et signé H.

Dessin pour un vitrail. Collection P. Vischer, de Bâle.

(H. 0.30. L. 19 1/2).

FRAGONARD (Honoré)

44. Le Philosophe. — Le Rendez-vous. Deux dessins.

Mine de plomb rehaussée de sépia.

(H. 0.22. L. 0.17).

FREUDEBERG (Sigismond)

45. **Les Présents de l'amour.**

Une dame mûre, assise, met dans la main d'un jeune homme des bijoux qu'elle tire d'une cassette. Par derrière une jeune fille l'invite à pénétrer dans sa chambre.

Spirituelle esquisse à la plume et à l'encre de Chine.

Bordure en bois sculpté et doré L. XVI.

(H. 0.21. L. 0.27).

GELLÉE (Claude), dit Le LORRAIN

46. **Paysage avec château en ruines.**

Plume et lavis de sépia.

(H. 0.24. L. 0.33).

47. **Etude d'Arbres.**

Plume et sépia.

(H. 0.29. L. 0.19).

GOLTZIUS (Henri)

48. **L'Été. — L'Automne. Deux compositions allégoriques faisant pendants.**

Sanguine, mise au carreau.

Au verso on lit : *Henricus Golzius f.*

Ex. coll. Henrici Hamal Can. Leod.

Ont été gravés par Matham

(H. 0.42. L. 0.32).

GOYEN (J. Van)

49. **Paysage, avec chaumière et personnages.**

Crayon noir. Signé et daté 1644.

(H. 0.15 1/2. L. 0.27).

GRAVELOT (attribué à Hubert)

50. **Le Concert.**

Plusieurs personnages font de la musique devant un grand clavecin.

Sanguine.

(H. 0.23. L. 0.33).

GUARDI (Francesco)

51. Cloître décoré de colonnes légères. Spirituel croquis au bistre.

Bordure dorée ancienne.

(H. 0.22. L. 0.20).

52. Galerie d'un Palais ornée de colonnes avec personnages.

Plume et sépia.
Bordure dorée ancienne.

(H. 0.22. L. 0.20).

53. Feuille d'étude. Pêcheurs et Bateliers.

Plume et lavis.

(H. 0.10. L. 0.31).

HARDING (Attr. à James-Duffield)

54. Coude d'une rivière traversant des rives boisées, avec quelques personnages.

Jolie aquarelle de l'Ecole anglaise, vers 1820

(H. 0.19. L. 0.26).

HOEUER VAN PASSAU (Georg)

55. Paysage.

Plume Daté 1568. (Collection Andréossy).

(H. 0.20 1 2. L. 0.15).

HOIN (Attribué à)

56. Satyre et Bacchantes.

Plume et lavis.

(H. 0.17. L. 0.18).

HOPFER (Daniel)

57. L'Adoration des Mages.

Plume. A été gravé.

(H. 0.19. L. 0.15).

HUET (J.-B.)

58. **Etudes de moutons. Deux dessins.**

Lavis rehaussé. Signés : *J.-B. Huet* au 8e.

(H. 0,15. L. 0,18).
(H. 0,12. L. 0,18).

ISABEY (Eugène)

59. **Portrait d'homme.**

Mine de plomb rehaussé d'aquarelle. Daté 1853.

(H. 0 15 1/2. L. 0,10 1/2).

JEAURAT (Etienne)

60. **Les Citrons de Javotte.**

Au crayon noir sur papier bleuté. A été gravé.
Cadre Louis XVI ancien doré.

(H. 0,29. L. 0,24).

KAUFFMANN (Angelica)

61. **Portrait en pied de William Pitt.**

Plume et lavis d'encre de Chine Signé *Angel. Kauffmann*. A été gravé.

(H. 0,26. L. 0,18).

KOBELL

62. **Animaux à l'Abreuvoir.**

Plume et lavis d'encre de Chine.

(H. 0,17 1/2. L. 0,14).

LAGNEAU

63. **Tête de paysan chevelu, coiffé d'un bonnet pointu.**

Crayon noir et sanguine. Dessin très caractéristique du maître.
Cadre de l'époque L. XIII, orné de cuivre repoussé.

(H. 0 25 L. 0 19)

LA MÉSANGÈRE

64. Chapeau orné de velours, Fichu garni de dentelles.
Coeffure à l'antique formée d'un fichu bordé de grains de muguet.
Costume à l'Orientale.
Coiffure à l'amie des Arts. (Jeune fille regardant un dessin de Boucher dans un carton).

Quatre costumes de l'an VIII, à la plume, rehaussés d'aquarelle.
Deux cadres dorés, époque de l'Empire.

(H. 0.16. L. 0.10).

LANCRET (Nic.)

65. Etude d'homme assis jouant du tambourin. — Au verso, autre étude du même sujet.

Sanguine.

(H. 0.18 L. 0.13).

LEBRUN (Charles)

66. Allégorie sur les victoires de Louis XIV. Décoration d'un grand calendrier.

Lavis d'encre de Chine.

(H. 0.52. L. 0.39).

LELU (Pierre)

67. L'Amour chassant.

Plume et lavis de sépia.

(H. 0.20. L. 0.16).

LÉPICIÉ (B.) ?

68. Portrait de Ramponeau, célèbre cabaretier du XVIIIe siècle, debout, le nez au vent.

Sanguine.

(H. 0.33. L. 0.22).

LEPRINCE (J.-B.)

69. Le Colporteur.

Beau dessin à la sanguine dans la manière de Fragonard.

(H. 0.32, L. 0 30).

LIOTARD

70. Portrait de Mad^e d'Estrade, grand'mère de Mad^e de Chabans.

En buste de face avec un corsage échancré sur la poitrine et fermé par un nœud de ruban.

Crayon noir rehaussé de blanc et de sanguine sur peau de vélin.

Rare et précieux dessin du maître.

Cadre Louis XV doré ancien.

(H. 0.17. L. 0.14).

LORIMIER (Le Chevalier de)

71. Ascension de la 2e Mongolfière à la Muette, le 21 novembre 1783. « Donné au Sallon (*sic*) des Arts. »

Le ballon s'enlève au-dessus du Panorama de Paris, où l'on distingue les Invalides, Notre-Dame et Saint-Sulpice.

Plume et bistre. Signé : Le Ch^er de Lorimier inv.

(H. 0.15. L. 0 10).

LORIMIER (Le Chevalier de)

72. Ascension de la 4e Montgolfière à Lyon, le 19 janvier 1784. « Donné au Sallon (*sic*) des Arts. »

Signé : Le Ch^er de Lorimier, inv.

Le ballon s'enlève au-dessus de la ville, où, sur une grande place, au milieu de la foule, des bateleurs jouent sur une estrade.

Plume et bistre.

Il est à présumer que si le chev. de Lorimier « inventa » le sujet de ces charmants dessins, l'exécution en fut confiée à un des meilleurs artistes de l'époque, peut-être Moreau le jeune.

(H. 0.15. L. 0.10).

MALLET

73. **L'Intimité menacée.**

Trois jeunes filles en costumes intimes de l'époque de l'Empire sont troublées dans leur toilette par des coups frappés à leur porte.
Spirituelle gouache d'une grande fraîcheur.
Cadre L. XVI ancien doré.

(H. 0.26. L. 0 20)

MAROT ?

74. **Décoration de fenêtres et de panneaux.**

Plume et aquarelle. Signé.

(H. 0.33. L. 0 39).

MAURER (attribué à Christophe)

75. **Le Départ des Hébreux pour la terre promise.**

Plume et encre de chine.
Dessin pour un vitrail.

(H. 0.40. L. 0.30).

MOLYN (Pierre)

76. **Groupe de paysans au bord d'un champ.**

Crayon et encre de Chine.
Cadre L XIII en bois sculpté ancien.

(H. 0.13. L. 0.19).

MONNET

77. **L'Etude de la géométrie.**

Plume et lavis de sépia.

(H. 0 09 1/2. L 0 15).

MOREAU (Louis)

78. **Paysage au bord de la Mer.**

Gouache ovale. Signée des initiales.

(H. 0.21. L. 0.26).

MOREAU (Attribué à Louis)

79. **Paysage au bord de la Mer.**

Gouache.

(H. 0.26. L. 0.38).

MOUCHERON (Isaac) XVIIe siècle.

80. **Intérieur d'une forêt de châtaigniers.**

Aquarelle.

(H. 0.19. L. 0.13 1/2).

NATTIER (M.-R.)

81. **Buste de jeune femme en toilette élégante.**

Crayon noir rehaussé de blanc sur papier bleu.

(H. 0.22. L. 0.27).

82. **Feuille d'Etude. Au recto, angle de clavecin supportant un volume de musique ; au verso, draperies. Belle et rare étude à la plume signée.**

Crayon noir rehaussé de blanc, sur papier gris-bleu.

(H. 0.39. L. 0.24).

NORBLIN DE LA GOURDAINE

83. **Repos de chasse à un carrefour de forêt.**

Au lavis de pinceau.

(H. 0.20. L. 0.28).

OPPENORD (Gilles)

84. **Cheminée monumentale, Fontaine et motifs d'architecture.**

Plume et sanguine.

(H. 0.39. L. 0.55).

LE PARMESAN dit PARMIGIANINO

85. Etude de femme tenant une corne d'Abondance.

Plume et lavis de bistre.

(H. 0.13 1/2. L. 0.08).

PATER (J.-B.)

86. Personnage richement vêtu versant du chocolat.

Sanguine.
Cadre L. XVI à fronton.

(H. 0.26. L. 0.19).

PÉRELLE

87. La Diligence à six chevaux.

Plume.
Cadre L. XIII ancien en bois sculpté et doré.

(H. 0.11. L. 0.19).

PERNET

88. Paysage avec ruines.

Plume et aquarelle.

(H. 0.38. L. 0.20).

PORTAIL

89. Vue de l'Aqueduc d'Arcueil.

Crayon noir rehaussé de sanguine.
Cadre L. XVI doré ancien.

(H. 0.36. L. 0.29).

PUGET (Pierre)

90. Poupe du navire *Isle-de-France*, avec écusson aux Armes de France surmonté de la couronne royale.

Plume (Collection Furby).

(H. 0.41. L. 0.56).

PUGET (Pierre)

91. Poupe de navire, avec écusson aux Armes de la famille d'Orléans.

Plume (collection Furby).

(H. 0,41. L. 0.56).

RANSON

92. Décoration d'appartement, avec lit de repos, baldaquin et trophées aux attributs guerriers.

Fine aquarelle rehaussée de gouache.

(H. 0.27. L. 0.46).

93. Décoration d'appartement, avec lit de repos et baldaquin.

Aquarelle.

(H. 0.27. L. 0.46).

RIBERA, dit L'ESPAGNOLET (XVIIe siècle).

94. Mendiante et son enfant, avec deux autres personnages.

Plume. Des collections Gatteaux, Gasc et Collin.

(H. 19. L. 12 1/2).

ROBERT (Hubert)

95. Vue perspective de la cour d'entrée du Muséum national des Arts, présenté le 2 frimaire an IV.

Aquarelle.

(H. 0.20. L. 0.35).

96. Fontaine monumentale.

Plume et sépia.

(H. 0.18 1/2. L. 0.19)

ROBERT (Hubert)

97. Portrait d'homme coiffé d'un bonnet.

Plume et lavis rehaussé de sanguine.

(H. 0.18. L. 0.15).

98. Deux femmes portant des cruches.

Plume, rehaussé de sépia et de sanguine.
Cadre doré ancien.

(H. 0.21 L. 0.16).

SAINT-AUBIN (Gabriel de)

99. Portrait présumé de François Boucher dessinant.

Belle étude à la pierre noire.

(H. 0 35. L. 0.22).

100. « Vocabulaire des objets compatibles. »

Spirituelle page de croquis à la sépia et au crayon noir, qui met en parallèle l'amour profane et l'amour sacré, la couronne d'or et la couronne d'épine, etc., c'est-à-dire les contrastes de la vie

Ce titre est écrit dans un coin, à gauche, de la main de l'artiste.

(H. 0.21. L. 0.33).

SAINT-QUENTIN

101. Bacchante.

Nue, elle est étendue sur des draperies et tient d'une main une amphore, de l'autre une coupe.

Pastel sur papier rose.

Bordure en bois sculpté et doré ancien.

(H. 0.27. L. 0.47).

SOLIS (Virgile)

102. Guerrier à cheval.

Plume. Signé et daté 1567.

(H 0.18. L. 0.21).

SQUARCIONE (Francesco) ? Ecole de Padoue, XVe siècle.

103. Un Nain bouffon.

A la pointe d'argent, rehaussé de blanc sur papier apprêté de teinte verdâtre.

(H. 0.26. L. 0.20).

TERBURG (Gérard) (Ecole Flamande, XVIIe siècle)

104. Feuille d'Etude : Trois têtes de femmes.

Pierre noire, rehaussé de sanguine. (Collection Richardson).

(H. 0.26. L. 0.17).

THIÉRY

105. Le Temple de la Vertu et de l'Honneur.

Projet de monument dédié et présenté à Monsieur Pirlot, par son très humble et très obéissant serviteur et ami Thiéry, le 1er mai 1780.

Plume et aquarelle. Signé sur le socle d'une statue à D. *Thierry invenit et delineavit anno 1780.*

(H. 0.22. L. 0.33).

THOM RE

106. Modèle de torchère : Deux femmes sur un socle tenant un cornet garni de fruits.

Plume et lavis de sépia.

(H. 0 53. L. 0.35).

107. Modèle de torchère : Femme sur un socle tenant une corne d'Abondance.

Plume et lavis de sépia.

(H. 0.53. L. 0.35).

THORNVLIET

108. Portrait de femme en médaillon.

Crayon noir et sanguine sur vélin Signé.

(Diam. 0.09).

TIEPOLO (Domenico)

109. **Bourgeois en promenade.**

Spirituelle composition au lavis de sépia.
Cadre en bois sculpté et doré, époque L. XVI.

(H. 0,27. L. 0,35).

VAN DE VELDE (Adrien)

110. **Etude de femme assise, le torse nu, tenant une baguette à la main.**

Belle sanguine.
Collection Gasc.

(H. 0,19. L. 0,13).

VELDE (Guill. Van de)

111. **Etude de navires.**

Mine de plomb.

(H. 0,19 1/2. L. 0,32).

VERNET (Carle)

112. **Patineurs.**

Plume et sépia.

(H. 0,17. L. 0,25).

VOS (Martin de)

113. **Portrait d'une jeune princesse tenant une pomme. Daté 1604.**

Plume et lavis.

(H. 0,24 L. 0,17).

WATTEAU (Antoine)

114. **Vue d'une ville italienne au flanc d'une colline.**

Sanguine.

(H 0,26. L. 0,33).

WATTEAU (Antoine)

115. Personnages assis dans un Parc.

Sanguine.

(H. 0.12. L. 0.16).

ZAINGER (Attr. à Martin)

(Ecole allemande XVe siècle).

116. Ange agenouillé, tenant un sceptre à la main.

Plume.

(H. 0.24. L. 0.15)

APPARTENANT A DIVERS

Peintures Anciennes

BREUGHEL DE VELOURS

117. Paysage montagneux.

Bois.
Cadre ancien en bois sculpté et doré.

(H. 0.28. L. 0.41).

BRIL (attribué à Paul)

118. Paysage avec sujet : La fuite en Egypte.

Cuivre.

(H. 0.17. L. 0.23).

DYCK (Van)

119. Le Christ à la paille, d'après P.-P. Rubens.

Très belle Esquisse sur bois.

(H. 0.28. L. 0.21).

ECOLE ALLEMANDE (XVe SIÈCLE)

120. Glorification de la Vierge.

Au milieu, la Vierge assise tient l'Enfant Jésus debout sur ses genoux, et est entourée de huit Saints nimbés. En haut, dans la partie cintrée : Le Christ en croix et trois personnages en adoration.

Peinture sur bois avec fond d'or, cadre ancien à colonnettes et flammes dorées.

(H. 0.92. L. 0.58).

ECOLE ALLEMANDE XVe SIÈCLE

121. Jésus au Jardin des Oliviers.

Peinture sur bois attribuée à Martin Schongauer.
Baguette dorée ancienne.

(H. 0,52. L. 0,40).

ECOLE ESPAGNOLE XVe SIÈCLE

122. Porte de Tabernacle, représentant au centre, le buste du Christ, au bas deux soldats couchés et endormis, en haut une sainte Cécile.

Bois.

(H. 0,73. L. 0,25).

ECOLE FLORENTINE XIVe SIÈCLE

123. La Vierge et l'Enfant-Jésus.

Peinture sur bois à fond d'or, dans une bordure ogivale surmontée, d'un petit médaillon, avec portrait d'une Sainte.

(H. 0,43. L. 0,23).

ECOLE FLORENTINE XIVe SIÈCLE

124. Buste d'un martyr, coiffé d'un bonnet rouge et vert, tenant dans ses mains les instruments de son supplice.

Peinture sur bois à fond d'or

(H. 0,36. L. 0,30).

ECOLE PRIMITIVE ITALIENNE

125. Le Christ mort, sur les genoux de la Vierge.

Peinture sur bois à fond d'or, les têtes des personnages auréolées et gaufrées.

(H. 0,23. L. 0,16).

ECOLE ITALIENNE XVIIe SIÈCLE

126. Moïse devant le buisson ardent.

Bois

(H. 0,23. L. 0,28).

ECOLE DE NUREMBERG XVI° SIECLE

127. **Portrait de femme à collerette.**
Bois.
Cadre ancien en ébène.
(H. 0,24. L. 0,19).

ECOLE DE NUREMBERG XVI° SIÈCLE

128. **Portrait d'homme.**
Bois.
Cadre ancien en ébène.
(H. 0.24. L. 0.19).

GIOTTO (attribué à) XIV° SIECLE

129. **Adoration de la Vierge.**
Elle est représentée tenant l'Enfant Jésus dans ses bras ; à ses pieds deux anges sont agenouillés et autour sont huit saints personnages nimbés.
Peinture sur bois avec costumes et auréoles gaufrés.
(H. 0.49. L. 0,36).

INCONNU

130. **Deux Ermites dans un paysage.**
Cuivre.
(H. 0.11. L. 0.15).

ORCAGNA (attribué à)

131. **Deux Saintes femmes nimbées.**
Deux très fines peintures sur bois à fond d'or.
(H. 0.30. L. 0,12).

RUYSDAEL (Salomon)

132. **Barques au bord d'une rivière.**
Esquisse sur bois.
Cadre ancien en ébène
(H. 0.23. L. 0.35).

DESSINS & AQUARELLES

BOILLY (L. L.)

133. **Etude d'expressions.**

Au crayon noir et à l'estompe, rehaussé de blanc.
Signé à gauche.

(H. 0.27 L. 0.21).

BOUCHER (Fr.)

134. **Le Berger.**

Vigoureux dessin au crayon noir, rehaussé de blanc sur papier bleu,
Signé à droite sur une borne et daté 1770.

(H. 0.30. L. 0.22).

135 — **La Halte.**

Une jeune fermière debout, appuyée sur un tertre, offre une poire à un jeune enfant tenu par sa mère. Au second plan, un âne chargé d'un bât.
Pierre noire, rehaussé de blanc. Signé : *F. Bouché.*
Cadre ancien en bois sculpté et doré. Vente H. Lacroix.

(H. 0.32. L 0.24).

CHARLET

136. **Napoléon Ier, vu de dos.**

Aquarelle.

(H. 0.22. L. 0.15).

DANLOUX (attribué à)

137. **Portrait de femme en buste.**

Pierre noire rehaussée de blanc sur papier gris.
(H. 0.19. L. 0.14).

DAVID (Gustave)

138. **Un muscadin.**

Aquarelle signée.
(H. 0.24. L. 0.18).

DAVID (Louis)

139. **Etude pour son tableau : Les Amours de Pâris et d'Hélène.**

Pierre noire. Signée : L. David 1807.
(H. 0.37. L. 0.26).

DETAILLE (Edouard)

140. **Sentinelle Bavaroise.**

Belle aquarelle. Signée et datée 1871.
(H. 0.30. L 0.19).

DYCK (d'après Van)

141. **Portrait d'une dame de qualité tenant des fleurs.**

Plume et lavis rehaussé d'aquarelle.
(H. 0.25 L. 0.18).

ECOLE FRANÇAISE XVIIIe SIÈCLE

142. **Portrait de M. le comte de Vincent, ambassadeur à Vienne.**

Pastel ovale.
Cadre en bois sculpté.
(H. 0.63. L. 0.51).

ECOLE FRANÇAISE XVIII• SIECLE

143 — **Portrait d'homme, époque Louis XVI.**

Crayon noir, rehaussé de sanguine.

(H. 0.14 L. 0.10).

144 — **Portrait en pied du marquis de Basseville, fils de Nicolas Jean Hugon de Basseville, diplomate Français assassiné à Rome en 1793.**

Belle aquarelle réhaussé de gouache.

(H. 0.40. L. 0.31).

145 — **Portrait de femme assise et dessinant.**

Crayons de couleur rehaussés de pastel.

(H. 0 16. L. 0. 13).

ESPINAY (Le Marquis d')

146. **Dessin en perspective pour démontrer des mouvements de troupes légères.**

Plume et aquarelle, on y a joint la gravure, avec des variantes.

(H. 0.28. L. 0.37).

GOBAUT

147. **Scènes militaires en Algérie. Deux pendants.**

Très fines aquarelles, Signées.

(H. 0.12. L. 0.18).

LAGNEAU

148. **Tête de Moscovite, provenant d'un album de voyage.**

Aux crayons de couleur.

(H. 0.34. L. 0.23).

LAGNEAU

149. Portrait de femme en buste, tenant une corbeille de fruits.

Aux crayons de couleur.

(H. o.36. L. o.25).

NATTIER (d'après J. M.)

150. Un jeune homme, assis à une table, verse à boire à sa maîtresse.

Dessin à la plume, signé : *Dusies fecit 1762.*

(H. o.25. L. o 31).

PERLIN

151. Entrée d'un péristyle monumental, décoré d'une statue de Diane chasseresse, de jeux d'eaux et de fontaines.

Très belle aquarelle rehaussée de gouache. Signée Perlin, 1770.

(H. o.44. L. o.33).

PUGET (Pierre)

152. Matelots tournant un cabestan.

Au lavis d'encre de chine, signé.

(H. o.15. L. o.19).

VERDUSSEN (P.)

153. Rassemblement de recrues.

Pierre noire rehaussée de blanc sur papier bleu.
Collections Magne de Marseille et de Surian.

(H. o.3o. L. o.49).

VERNET (Horace)

154. Hussard et fantassin.

Aquarelle.

(H. o.13. L. o.15).

VERNET (Horace)

155. **Officier de Hussards.**
Aquarelle.
(H. 0.18. L. 0.18).

156. **Hussards en maraude.**
Lavis de Sépia. Signé.
(H. 0.12. L. 0.17).

VERNET (attribué à Horace)

157. **Louis XIV et Mademoiselle de Lavallière.**
Lavis de sépia rehaussé de gouache
(H. 0.20 L. 0.26).

GRANDE IMPRIMERIE DU CENTRE. — HERBIN, MONTLUÇON

www.ingramcontent.com/pod-product-compliance
Ingram Content Group UK Ltd.
Pitfield, Milton Keynes, MK11 3LW, UK
UKHW021028260726
13994UKWH00005B/2008

9 782329 368184